AF403337

LES ESSAIS

D'UN

BOBRE AFRICAIN,

SECONDE ÉDITION,

Augmentée de près du double,

ET DÉDIÉE

A MADAME BOREL JEUNE,

PAR F. CHRESTIEN.

Ile Maurice.

IMPRIMERIE DE G. DEROULLEDE & Cᵒ,
IMPRIMEURS DU GOUVERNEMENT.

—◆—

M DCCC XXXI.

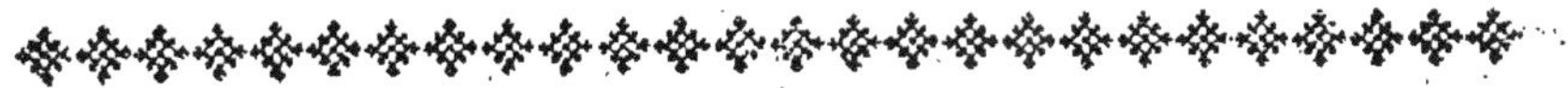

A Madame Borel jeune,

A TONNEINS.

Madame,

Séparé de vous par l'immensité des mers et probablement pour jamais, mais toujours pénétré des marques de bonté et de bienveillance que, dans des tems malheureusement passés, j'ai constamment trouvées tant auprès de vous qu'auprès de votre cher époux, mon bon et vieil ami, c'est sous vos auspices que j'ai osé faire paroître cette seconde édition de mes poësies créoles. Puissé je, ainsi, par le patois naïf de nos heureux climats, rappeler dans votre mémoire les premières et douces années de la vie et exciter un instant ce pur sourire que le cœur accorde, si volontiers, aux souvenirs de la patrie ; puisse surtout ce bien faible hommage vous prouver les sentimens inaltérables de respect et d'attachement avec lesquels je suis,

Madame,

Votre très obéissant et très-affectionné serviteur et ami,

F. CHRESTIEN.

Port-Louis, Ile Maurice, le 15 Août 1831.

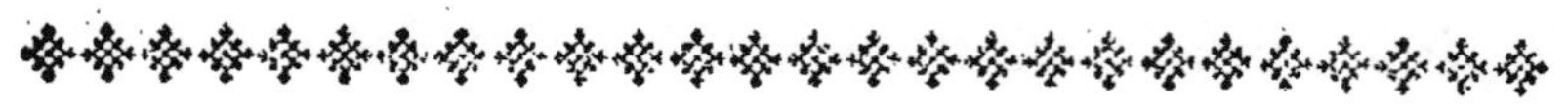

A mes amis.

✳

Air : Braves de la Germanie, &ª.

Mes amis, de la tristesse
Le penchant n'est pas heureux,
Gardons plutôt la sagesse
De nos gais et bons aïeux ;
Et, conjurant de la vie,
Les chagrins et les soucis
Puisez un grain de folie
Dans le *gaulois* du pays.

✳

De cette courte préface
Il ne faut pas augurer
Qu'aux couronnes du Parnasse
Mon dessein soit d'aspirer ;
Mais du Temps la voix sévère
Peint mon avenir fâcheux !
Et je veux au moins vous faire
Un peu gaîment mes adieux.

F. CHRESTIEN.

LES ESSAIS

D'UN

BOBRE AFRICAIN.

L'AMANT MALHEUREUX.

AIR : *Du Bastring.*

Vous n'a pas voulé content moi
Zène fille, zène fille !
Vous n'a pas voulé content moi
Zène fille parlé-moi pourquoi ?

MINEUR.

Tous les zours dé ç'tems mon berloque
Moi donné vous la viand' salé
Zanana, cate-cate manioque
Cari poisson, maïs grillé !

Encor vous n'a pas content moi
Zène fille, zène fille
Encor vous n'a pas content moi
Zène fille parlé-moi pourquoi ?

Bonne-anné moi donn' vous la harde
Moi soizir ça qui plis zoli
Dans boutiq' touzours moi prends garde
Ça qui fair' content vous l'esprit !

Encor vous n'a pas content moi, &a.

Quand di-vent cassé vou la-caze
Dé c'tems l'ouragan arrivé
Quand y en-a trou dans vou-faitaze
Dir' moi qui c'ella va boucé ?

Encor vous n'a pas content moi, &a.

Quand moi n'a pas soin vou-marmitte
Dir' moi comment vous vini gras
Vous connais galoppé bien vite
Quand y en-a bouillon couroupas ?

Encor vous n'a pas content moi, &a.

A soir quand dansé dans la-case
Vous té voir mon lé-rein lassé ?
Vous connais bien dans badinaze
Zamais-là mon bobre arrêté !

Encor vous n'a pas content moi
Zène fille, zène fille !
Encor vous n'a pas content moi
Zène fille parlé-moi pourquoi ?

LE SCRUPULEUX.

AIR : *De Paul & Virginie.*

Dir' moi donc ça qui faut faire
Bon-Dié comment moi souffri !
Moi trop content mon commère } bis.
Et faut pas moi son mari,
Tout ça fair' moi tourné la tête,
Si-pas qui coté mon l'esprit ;
L'Amour va fair' moi vini bête !..
Donn' moi boir' pour moi tourdi.. *bis.*

Zour qui nous té fair' batème
Moi dir' vous li té zoli !
A forç' moi content li-même } bis.
Mon li-zié colle avec li
Li té sauzé comment mam'zelle
Ein' riban rouz' peignoir à pli
Encor qui té garni dentelle !..
Donn' moi boir' pour blié-li.. *bis.*

Quand nous sorti dans l'Eglize
Tout blancs guetté nous passé.
Comme cett' fille est bien mise } bis.
Comm' ça mêm' zaut' té parlé
Moi té comment tambour mazore
Moi marçé fier à côté-li
Moi n'a pas voulé parle encore !..
Donn' moi boir' pour blié-li.. *bis.*

LE MARTIN & LE SINGE.

FABLE.

Moussié Martin ein' zour là-haut di-bois
Dans son la-bousse eté gard' ein' bibasse ;
Comper' Zaco par là rodé quéqu'fois
Ça zour-là même été vini là-sasse,
Li trouv' Martin : " Salam donc mon zami
" Comment vous-là zoli zourdi,
" Qui c'ella frotté vou-l'habit
" Moi parié vous va fair' mariaze
" Ou bien vous va dansé dans pitit badinaze ;
" Ma foi si vou-la-voix bell' comment vous-faro
" Zaut' n'a pas largué vous sitôt ! "
Martin avalé ça comment dir' confitire,
Li vir son li-zié, li dress' son figuire,
Ein' coup là li voulé çanté,
La bousse-ouvert bibass' tombé,
Comper' Zaco li ramassé :
Merci, coco, ça-mêm' moi té voulé :
Tendé pourtant encore ein' mon parole,
Vous vié.. mais vous besoin l'école !
" Ça qui son la-bouss' li trop doux
" Ein' zour li capabl' trompé vous "
Bouzour, papa, bibass' li goût!..

L'IVROGNE.

AIR : *Plus on est de fous, &a.*

Zanot toi fair' moi trop misère
Ton l'arack va rendé toi fou,
Moi n'a plis connais ton manière
A-v'la qui tous les soirs toi soûl ?
Moi vé-pas souffri d'avantaze
A la fin moi va prend galant
Et si toi n'a pas vini saze
Moi fair' toi coqui *(bis)* comment blanc. *(ter.)*

Moi lassé coudre ton cimize
Oui, ça trop fort en vérité
Dans bazard, dans camp, cot' l'églize,
Faut qui toi la guer' la zourné ?
Moi vé pas souffri d'avantaze, &a.

Dir' moi donc quand nous dans la ville
Si di-mond' n'a pas va honté
Aulier toi sivre moi tranquile
Comment soldats toi balancé ?
Moi vé pas souffri d'avantage, &a.

Toi connais rien qui la-cantine
Tout ton commissions toi manqué
Mais çimin cot' moussié *Périne*
Ça zamais toi n'a pas blié
Moi vé pas souffri d'avantaze, &a.

Quand toi té boir comment barique
Toi vini dormi côté moi,
Toi ronflé comment la-mizique

Est-ç' qui toi pensé moi di-bois ?
Moi vé pas souffri d'avantaze
A la fin moi va prend galant
Et si toi n'a pas wini saze
Moi fair' toi coqui *(bis)* comment blanc. *(ter.)*

LE JALOUX.

Air : *Je veux être un chien, à coups de pieds, &a.*

Ensemble mon frèr' *Sans-Façon*
A soir nous té conduir' Lizon
'Ça n'a pas difficil' pour croire ?
A v'là quein' sacré l'africain
En passant attrap' son la-main.

(On parle.) *Eh ! papa soldat, quand même la plime poule dans vou-sapeau, avec grand couteau amare dans vou-lè-rein, moi n'a pas pér vous, si vous connois ? ça femme-là pour moi tout sel' moi n'a pas la mode mölguçe.. vous tendez ?*

(Continuation de l'air.)

Moi dir' li fant-d' cien
A coup d' pieds à coup d' poings
Moi cass' ton la-guél' dans ton magoire ?

Comm' nous la gorze été gratté
Dans ein' la-cantin' nous rentré
Ça n'a pas difficil' pour croiré
Garçon qui té vidé flacon
Fair' li-zié doux avec Lison ?

(On parle.) *Mon zami, fair' vou-louvraze tranquile kem ?. vou-maître n'a pas mette-vous là pour guetté les filles ?..*

Moi dir' li fant-d' cien
A coup d' pieds, &a.

Entre marié et puis dansé
Allons-nous fair' partaze
Faut bien qui lé-quer arrêté,
Qui-fair' touzours volaze ?
Si vous content rigaudon
Fair' l'amour aussi li bon
Bon !
Quand tendé contredanse
Qui violon commencé
Crié
Quand mêm' vous fair' la danse
N'a pas besoin, blié
Marié !

LE LION EN SOCIÉTÉ.

FABLE.

Grand-papa Lion, ein' Béf et puis Cabrit,
Zaut' tous les trois bon zami,
Ensemble fair' marçé ein' zour pour fair la-sasse ;
Lion pour chaquèn' marqué son place :
A v'là zaut' mett' li-Cien dans bois ;
Ouah ! ouah ! à v'là li-Cien donné la voix !..
Ein' gros Cerf qui té bête
Dans p'tit moment li fini pris ;
A v'là zaut' fair' grand fête :
Ein' parlé : moi va fair' caris
L'autre, moi va donné la viand' mon pitits ;
Lion dir' : c'est moi qui va fair' la partaze,
C'est-moi tout s'el qui çéf' ici.
Et zaut' porté chaquèn' son part dans son la-caze
A v'là nous trois.. fair' trois morceaux,
N'a pas piti, n'a pas gros,

Tout gal'.. mais c'ella qui première,
Vous connais, li pour moi
Pass'qué moi mêm' lé-Roi !
Ça qui second'.. mett' dans mon carnacière
Pass'qué mon lé-dents
Li grands :
Ça qui troisièm'.. hum ! hum ! vous tendé mon la-voix
N'a pas besoin parlé dé fois ?..

LE PAUVRE DIABLE.

Air : *Du petit matelot.*

Moi resté dans ein' p'tit la-caze
Qui faut baissé quand pour rentré ;
Quand mon la-têt' dans son faitaze
Mon li-pié là haut son plancé..　　　*(bis.)*
Moi n'a pas besoin la limière
A soir quand moi voulé dormi
Car pour moi trouvé la lin' claire (*)
N'a pas manqué trous Dié merci..　　*(bis.)*

Mon li-lit ein' p'tit natt' malgace
Mon l'oreiller, morceau bois-blanc ;
Mon gargoulett', ein' vié cal'basse
Où moi mett' l'arack zour de l'an.　*(bis.)*
Quand mon-femm' pour fair' badinaze
Sam'di comm'ça vini soupé
Moi fair' couit dans mon p'tit la-caze
Bréd' diboute et moutouc grillé..　*(bis.)*

(*) La lune-claire (clair de la lune.)

Dans mon coffre n'a pas serrire
Zamais moi n'a pas fermé li ;
Dans bambou comm'ça sans serrire
Qui va fouill' mon quat' langoutis.   *(bis.)*
Dimanç' quand moi gagné zournée
Si moi y en a morceau tabac
Pour fair' faro mon la-fimée
Moi mett' li dans pip' couroupas.   *(bis.)*

MONSIEUR & MADAME DENIS.

PARODIE.

(Même air.)

Monsieur Denis.

Mon coco vous souvini
Dans lé tems la Compagni
Vous mett' condé paliaca !
Vous zoli comme ça !..   *(bis.)*
Tout blancs guetté nous passé
Et zaut' tout crêvé rié..   *(bis.)*

Madame Denis.

Tout d'bon vous faire moi pensé
Moi té commencé blié
Vous té y en-a bonnet blanc
Comment vous çaimant..   *(bis.)*
Et derrière ein' p'tit la-qué
Qui té donn' vous l'air fronté..   *(bis.)*

Monsieur Denis.

Quand vous sorti tous lé-soir
Vous mett' ein' grand mant'lêt noir.

Zipon amar' dans lé-rein
Comment vous té bien..　　　　　*(bis.)*
Et dé grands poss' la toil' blanc
Pour mett' tout qui-qu'soz' là dans.　　*(bis.)*

Madame Denis.

Nous mett' balein' dans corsêt
Nous té rêd' comment piquêt
Et zaut quilotte à-goussêt
Moi té bien counais..　　　　　*(bis.)*
La-clé là-dans fair' *clin-clin !*
Quand moi pens'-ça, moi sagrin..　　*(bis.)*

Monsieur Denis.

Quand zaut' appell' moi *Zanot*
Si-fais va moi té faro !
Fill' fair' moi signe-dans çimin
Moi fair' mon faquin　　　　　*(bis.)*
V'là zaut' dir' moi *Papa Zean !*
Moi foi Dié moi mal-content.　　　*(bis.)*

Madame Denis.

Quand di mond' commencé vié
Si-pas pourquoi zaut' sanzé ?
Vous té zoué tromp' la zourné
Pour fair' moi dansé..　　　　　*(bis.)*
A-s'ter là ma foi tiéga
(Avec un soupir.)
　　　Quand mêm' zour' sam'di.. n'a pas.. *(bis.)*

Monsieur Denis.

Mon femm' faut tendé raison
Quand vié, dansé n'a pas bon :

Si vous y en-a sentiment
Faut fair' comment blanc..   *(bis.)*
Quand la-têt' commenç' braulé

(Avec gravité.)

Dé ç'tems là prié bon Dié...   *(bis.)*

LES DEUX RATS.

FABLE.

Ein zour comm' ça
Comper' lé-Rat
(Lé-Rat au port, qui touzours dans la-caze)
Été trouvé morceau fromaze ;
Comment li bon garçon
Li té cherché son compagnon
Qui resté dans l'habitation :
A-v'la zaut-dé qui mette à table,
Papa lé-Rat qui fair' l'aimable
Boire et rié
Trinqué, çanté,
Comment blancs quand li ribotté :
Comment zaut' dé pour manzé n'a pas lasse
A-v'la di brit, quéquein' passé,
Tic.. tic.. pauvre lé-Rat sauvé ;
Son cari resté dans son place ;
Di-brit fini
L'autre lé-Rat sorti ;
Doucement, doucement, appellé son zami :
" N'a pas pèr.. n'a pas pèr.. vini manzé compère
" A-s'ter n'a rien va gâté nou-z'affaire

“ Grand merci, répondé c’ella qui z’habitant,
“ Moi n’a pas faim quand n’a pas manz’ tranquile
“ Morceau pataté assez ; mais vous là qui gourmand
“ Resté vous tout sél dans la ville !

LE MAL D’AMOUR.

Air : *Je loge au quatrième étage, &a.*

En-verté ça mauvais quiqu’çoze
Quand di-monde après fair’ l’amour
Depuis moi content mam’zell’ Rose
Moi soupiré la nuit li-zour. .   *(bis.)*
Si moi gouté morceau cat-catte
Mon lé-quer n’a pas trouvé goût !
Quand mêm’ rougaill’ zambrevatte   }
Moi n’a pas manze à rien dit tout.   } *(bis.)*

Quand moi lonzé dans mon la-caze
Vous pensez qui moi va dormi ?
Mon li-zié collé dans faitaze
Et mon l’esprit maziné li. .   *(bis.)*
Si moi rêvé mon la misère
A forç’ moi ploré comme ein’ fou
Lé-Rat pensé çatte en colère   }
Et zaut’ sauvé vit’ment dans trou. } *(bis.)*

Si-pas moi pourquoi tout mam’zelle
Fair’ souffri ça qui content li ?
Moi voir dans di-bois tourterelle
N’a pas langui pour prend mari.   *(bis.)*

Mais moi dir' vous, sans badinaze,
Mon pauvre lé-corps qui maigri
Quand n'a pas faire bientôt mariaze } *(bis.)*
Va sec comment dire la-mori.

Peut être vous n'a pas va-croire
Ça métié-là faire moi lassé
Quand mêm' sél'ment ein p'tit coup boire
Moi n'a pas lé-quer avalé..   *(bis.)*
Si les z'homm' connais la misère
Qui femm' souvent fair' li souffri
Li vaut mié n'a pas trouvé claire } *(bis.)*
Pour son li-zié n'a pas voir li.

CHANSON DE NOCES.

AIR : *Poissard.*

N'a pas besoin badiné
V'la zaut' fini fair' mariaze
Tous camarad' va çanté
Pour rend' plis goût nous-badinaze
Ça blanc-là ein' bon garçon
Moi voulé dir' li mon çanson.   *(bis.)*

Vous connais vous té-malin
Vous filé cot' balizaze ?
Mais l'amour ein' p'tit coquin
Qui mett' vous dans çimin mariaze
Vous lé-quer qui té frouté
Ma foi Dié fini bien dompté..   *(bis.)*

Tout d'bon moi tout sèl rié
Quand di-monde y en a malice
Qui fair' li voulé sauvé
Mais l'amour va fair' li zistice :
" Quand mêm' toi cour' dans di-bois,
,, Li dir', moi qui va tient bon toi.. *(bis.)*

Madam' vous fini tendé
Maître qui va rend' li saze
Quéqu'fois comm' ça sans pensé
Ein' mari voulé fair' tapaze
Appellé l'amour vit'ment
Vous va voir baissé son vaillant.   *(bis.)*

Mon z'ami v'là vous marié
Vous n'a pas besoin l'école
Moi sîr vous va travaillé
Mais pourtant couté mon parole :
N'a pas fair' vous l'aranz'mens
Pour prend la berloq' trop long-tems. *(bis.)*

LE LOUP & LE CABRIT.

FABLE.

Ein' zour à soir papa Loulou
Eté boir' dans bord la-rivière
Cabrit touzours qui four' par tout
La-même aussi allé cerçé son la-misére :
" Diabre, " dir' ça Loulou-là,
" Qui fair' toi fronté comm' ça,
" Est-ç' qui côté moi qui ton place,
" Qui c'ella montré toi l'esprit

« Toi brouillé mon boir' mon zami
« Et toi croir' moi va fair' toi grace ? ».,
— « Moussié Loulou n'a pas facé
« Comment von-di-lau va gâté
« Moi sivre mon cimin bien aze ;
« Moi qui en-bas, vous qui là-haut
« Comment va brouillé vou-di-lau ? »
Loulou répond' : — « Toi croir' mon facé badinaze
« Ton la-bouss' connoit bien parlé
« Mais ça bonne-anné qui passé
« Tous les zours, dans ton la-caze,
« Cont' qui toi ranzé, moi connais ;
« Avec tout noir tach'ment toi dir' qui moi mauvais
« *Faut touyé li*, ça mêm' ton la-prière ! »
— « Moussié Loulou comment moi capabl' faire
« Ça qui vous plaigné tant
« Dans ça tems-la moi té encor' zenfant
« Qui tété son maman ? »
— « Eh bien quand n'a pas toi, ton frère,
« Ou bien ton père
« A-v'là long-tems toi fair' mon zoreill' li tourdi ! »
Quand fini ça Loulou attrap' Cabrit
Ein' coup là mêm' li sec au bord la mare
Après ça manzé-li.... comment dir' ein' cambare !

LE RÉSIGNÉ.

Air : *Un jour de cette automne, &a.*

Dans çimin la Vill'bague
Ein' zour après midi
Moi trouvé mam'zell' Zane

Après çarié maïs !..
Moi sivre mon çimin tranquille
Moi couté mon l'esprit.

Moi trouvé mam'zell' Zane, &a.

Moi dir' : tout d' bon commère
Vou-li-zié là zoli !..
Moi sivre mon çimin, &a.

Moi dir' tout d' bon commère, &a.

Allons-nous fair' z'affaire
Moi qui va vou-mari ?
Moi sivre mon çimin, &a.

Allons nous fair' z'affaire, &a.

V'la-ti pas mam'zell' Zane
Rié comme eiu' foli ?
Moi sivre mon çimin, &a.

V'la-ti pas mamzell' Zane, &a.

Li dir' ma foi compère
Vous trop vié mon zami !..
Moi sivre mon çimin, &a.

Li dir' ma-foi compère, &a.

" Quand di-mond' n'a pas ziste
" N'a pas bon fair' mari ? ".
Moi sivre mon çimin, &a.

Quand di-mond' n'a pas ziste, &a.

Quand moi tend' son parole
Moi té fini cami !
Moi sivre mon çimin tranquille
Moi couté mon l'esprit.

LE LIÈVRE & LA TORTUE.

FABLE.

Ein' Torti' avec Lièvre eté voulé parié
Ein' zour qui va mié galoppé
Pour arrivé drette ein' li-pié banane :
" Tout d'bon, maman Torti' vous y en a trop l'arzent
" Vou-l'esprit li maron dans milié la savanne,
" Avec moi là vous lité à présent ?
Dir' Lièvre avec Torti qui couté-li tranquille
" N'a pas pèr mon zami
Torti répond' li
" Vous ça qui blancs appell' di-monde *agile*
" Moi, porté mon la caze et li rèd' mon li-pié
" Mais c'est égal, moi va parié,
" Moi connais comment moi va faire ;
" Mesuré vou-çimin ; chaquein' son l'esprit ; "
Quand fini mesuré, à v'la ti té parti,
P'tit papa Lièvr' crié-li : " mon commère
" Emmèn' la gazett', prends gard' vous ennuyé !
" Quand vous trouvé galant n'a pas besoin causé
" Quand mêm' couroupas vou-p'tit frère
" Passé-vou' à côté
" Ou bien moi va gagné.
Et p'tit papa Lièvre amisé,
Cassé bouquet pross' la rivière,
Dans l'herbe frais roulé, sauté,
Ramass' l'astron pour son soupé
Et Torti-là touzours marcé.
Lièvre à la fin guetté

Li voir Torti dans bitte
Li voulé galoppé bien vite
Mais son nation là trop tourdi
Et li té perdi son pari.

❋

Fin des poésies créoles.

MÉDITATIONS MÉLANCOLIQUES.

*

PREMIÈRE.

*

LE PREMIER AMOUR.

(Stances composées en passant près de l'église des Pamplemousses.)

Laissez-moi, tristes souvenirs,
Ne venez plus briser mon âme ;
De l'amour la céleste flamme,
Ne doit plus guider mes soupirs.

De l'humble clocher du village
J'entends l'airain religieux,
De l'innocent et du vrai sage
L'hymne du soir s'élève vers les cieux !
Déjà du jour la lumière chancelle :
Heure paisible et solennelle,
Timbre sonore, chants pieux,
Quel moment peignez-vous au cœur d'un malheureux.

Jadis au même instant, palpitant de tendresse,
J'allais joindre l'objet de la plus pure ivresse ;
Je passai près de vous, enclos silencieux,
Où l'inflexible mort entasse nos ayeux :
A des Dieux différents j'adressais mon hommage !..
Tout est changé, le tems, mes goûts et l'âge.

Je frémis cependant à cet auguste son,
Quel prestige enchanteur trouble encor ma raison ?

L'imagination anéantit l'espace,
Ce timbre seul enfante mille erreurs ;
De tant de jours finis le long cercle s'efface ;
Six lustres écoulés ne marquent plus leur trace ;
Je respire, en marchant, les plus douces odeurs,
L'air est, comme autrefois, pour moi semé de fleurs ;
Sans le fouler, et tel que le zéphire,
Je traverse le champ où la rose respire ;
Du flot qui roule au loin j'aime le vague bruit :
J'aime le cri plaintif de la brise qui fuit ;
De l'heure qui m'attend je saisis le délire ! ....

Laissez-moi, tristes souvenirs,
Ne venez plus briser mon âme ;
De l'amour la céleste flamme,
Ne doit plus guider mes soupirs.

Hélas, tout est fini !.... l'impitoyable tombe
De l'être qui toujours succombe
Engloutit les restes glacés !
Avant le temps, doux attraits effacés,
Esprit charmant, jeunesse tant aimable,
Grâces, gaîté, sentiment ineffable,
Qui de l'amitié sainte est un élan divin,
Quoi pour jamais je vous invoque en vain !
Qu'êtes-vous devenus ?.... tel un sombre nuage,
Ténébreux courrier de l'orage,
Quand la foudre a grondé fuit les mortels émus ;
Elle a grondé la foudre.. et vous n'existez plus !..

O toi que j'appelai du tendre nom d'amante,
Par qui je fus énivré de bonheur,
Reçois encor cette larme brûlante,
Dernier tribut que t'offre ma douleur ;

En vain pour t'oublier je suis blanchi par l'âge,
Mon cœur n'a point vieilli pour garder ton image :
Fléchissant sous le tems, ardent à me courber,
Il reste encore à mon débile argile
  Assez de voix pour m'écrier :
  « Temple de Paul ouvre-moi ton asile !
  « A tes autels j'ai droit de soupirer,
  « Résonne aussi les pleurs de mon âme attendrie,
  « Ainsi que Paul je perdis mon amie. »

  Laissez-moi, tristes souvenirs,
  Ne venez plus briser mon âme ;
  De l'amour la céleste flamme,
  Ne doit plus guider mes soupirs.

DEUXIÈME.

✳

A UNE FEUILLE TOMBÉE.

Frêle et léger débris que ballotte le vent,
Toi qui fus l'ornement du bosquet solitaire,
Te voilà détaché de la branche ta mère
Jouet du tourbillon, ou laissé périssant !....

  Avant que ton être éphémère
Aux ordres du destin se réduise en poussière,
Sur tes jours effacés j'aime à t'interroger :
  Viens, parle moi de tes jeunes années ;
  As-tu coulé des heures fortunées
Dans un site paisible à l'abri du danger ;
  De la simple et tendre bergère
Aurais-tu quelquefois ombragé le repos,

Ou, noble prix de la vertu guerrière,
As-tu couronné les héros :
Témoin discret d'une flamme fidèle
As-tu surpris les soupirs d'une belle
Ou bien, favorisant le plus chaste lien,
De la constante tourterelle
As-tu porté le nid, ou protégé l'hymen ?....
Hélas ! des beaux jours de ta gloire
Il ne resterait qu'un tombeau !
Quel luth pour toi réclamera l'histoire,
De quel berger vas-tu guider le chalumeau ?
Au moins laisseras-tu ta modeste mémoire
Au sentiment qui vint sous ton abri
Quelquefois pleurer un ami !

N'attends point de reconnaissance
De ces mouvemens orageux,
Qui dans les passions ont puisé leur naissance ;
C'est l'amitié, c'est ce penchant heureux
Manne du cœur, pure et simple prêtresse
De l'autel innocent des plus pudiques feux
Qui de la gratitude éprouve encor l'ivresse :
Avant de te quitter entends donc ma leçon.
Si, cédant au gré de la bise,
D'un soit heureux tu roules près d'Elise
Redis-lui les avis de ma vieille raison ;
Dis-lui de redouter la brûlante saison,
Source d'amers regrets séduisante et funeste !
De vains remords et d'inutiles pleurs
Sont bien souvent le triste reste
De nos fugitives erreurs :
Apprends-lui sur la vie à semer quelques fleurs ;

Des rigueurs du Destin sois pour elle l'image ;
Faible enfant des saisons tu vis peu de printems
Enseigne-lui le prix du Tems
Et sur ton froid tissu que cette leçon sage
Dirige son esprit et guide ses penchans :
« Heureux qui loin du monde habite le village
« Qui des plaisirs bruyans par les Dieux séparé,
  « Vit en silence, et s'endort ignoré ! »

TROISIÈME.

*

L'AMITIÉ.

Allez douces erreurs dont se berce la vie,
Allez parmi les fleurs sourire aux cœurs heureux ;
Pour chanter les beaux jours ma carrière est finie,
Mon Luth est suspendu triste et silencieux !

J'entendais autrefois sur sa flûte légère,
Le gentil ménestrel instruire les amans ;
Il leur recommandait et plaisir et mystère,
L'Amour même semblait inspirer ses accens :
« Cédez, répétait-il, au Dieu de la Tendresse,
    « Couronnez-vous de son bandeau ;
    « C'est avec sa brûlante ivresse,
« Que l'on peut des soucis alléger le fardeau ;
« Ecoutez mes accords, innocente jeunesse,
« Jettez un voile heureux sur vos rapides jours,
« On échappe aux effets de la triste vieillesse
    « Lorsque l'on peut aimer toujours !.

Allez douces erreurs dont se berce la vie,
Allez parmi les fleurs sourire aux cœurs heureux ;
Pour chanter les beaux jours ma carrière est finie,
Mon Luth est suspendu triste et silencieux !

.... Quel magique tableau me séduit et m'étonne,
De roses sur mon front pourquoi cette couronne ;
Quelle main a soigné ces myrtes amoureux,
Dont l'ombre et le feuillage embellissent ces lieux ?.
A mes yeux la Nature a pris un air de fête,
Tout semble du plaisir être ici la conquête ;
Dans ses tendres accens l'oiseau dit ses desirs,
Mêlant le chant d'amour à l'hymne printanière ;
Le bouton me sourit sur sa tige légère ;
Des parfums enivrans se joignent aux Zéphirs !
.... sous le tranquille abri d'un berceau tutélaire,
Je te revois, enfin, temple heureux du mystère,
A ton aspect naissent mes souvenirs !....

Je te salue aimable hospice,
Toît protecteur de mes jeunes amours,
Où le Dieu du Plaisir à ma flamme propice,
Du nectar de Paphos enivra mes beaux jours :
Sous tes simples lambris quel est donc mon délire,
Quel attrait séduisant me subjugue et m'attire ?
L'air semble encore murmurer mes soupirs,
J'aspire, je ne sais quelle odeur vaporeuse
Qui pénètre mes sens de flamme et de desirs ;
Charme puissant.... ivresse heureuse !
Ici, croyant mon sort embelli pour toujours,
J'avalais à longs traits le philtre des amours,
De mes rêves trompeurs la chimère est affreuse !
D'espoir et de bonheur à la fois transporté,
Insensé, je croyais à la félicité !....

Allez douces erreurs dont se berce la vie,
Allez parmi les fleurs sourire aux cœurs heureux ;
Pour chanter les beaux jours ma carrière est finie,
Mon Luth est suspendu triste et silencieux !

Il me restait l'Amitié sainte et pure :
.... douce Amitié, charme de la nature,
Toi qui fais aux vertus rendre un culte sacré,
Heureux qui de tes feux peut être pénétré :
Ton bandeau virginal orne déjà l'enfance ;
Tu charmes le printems par ta tendre innocence ;
En épurant le cœur de ses goûts inconstans
Tu pares de tes fleurs l'automne de la vie ;
D'aucun regret amer ta flamme n'est suivie.
Et quand, courbés sous l'hiver de nos ans,
L'âme semble livrée aux rêves affligeans,
Alors ta main pieuse aide au vieillard débile,
      Ta bouche éloquente et fertile
Sait adoucir l'effroi de son triste avenir,
Et ton sensible cœur garde son souvenir
      Quand toute plainte est inutile ! ....

      Qu'ils étaient doux les rapides momens
Que je t'ai consacrés, ami que je regrette,
      Quels tendres et purs sentimens
      Et quelle émotion secrète,
Quand quittant mon exil, après de tristes jours,
Je revenais trouver ta *caze* hospitalière,
Ton accueil fraternel, ton amitié si chère !.
Je revenais suivre avec toi le cours
De ces repas, autant d'aimables fêtes,
Où le Médoc électrisant nos têtes,
Nous buvions au plaisir parmi les ris falots,

De notre gaîté folle occupant les échos !
Ce paisible destin a fui comme un nuage ;
  La Parque barbare et sauvage,
  Méprisant mes pleurs et ma voix,
  Blessa mon cœur une seconde fois ;
Ainsi tout se détruit, tout périt, et tout tombe !
  Ami, que je ne verrai plus,
Pour percer jusqu'à toi mes cris sont superflus ;
Sous un marbre étranger s'élève au loin ta tombe ;
  Loin du pays de tes aïeux,
Loin du cercle étendu de tes amis nombreux,
  Le sort en bornant ta carrière,
  Leur refusa de fermer ta paupière !
Le tems cruel trompa cette fois mon espoir,
Du songe de la vie arrivé vers le soir,
Avant toi je croyais au Cocyte descendre,
Ce n'était pas à moi de pleurer sur ta cendre,
J'aimais à me flatter toujours de te revoir !....

Allez douces erreurs dont se berce la vie,
Allez parmi les fleurs sourire aux cœurs heureux ;
Pour chanter les beaux jours ma carrière est finie,
Mon Luth est suspendu triste et silencieux !

QUATRIÈME.

*

L'AMOUR PATERNEL.

A UN MYRTE.

Myrte charmant que j'ai planté,
Combien de fois, sous ton paisible ombrage,
De la nymphe timide en silence écouté,
Ai-je suivi cet attrait qui m'engage ?
Du bosquet qui t'entoure impassible habitant,
J'ai cru te voir sensible au souffle du zéphire,
Où, quelquefois, ému des accords de la lyre
Qu'animait, sous mes doigts, un tendre sentiment !..

Je t'avais pour témoin, tourterelle plaintive,
D'amour fidèle image vraie et vive,
Quand je venais dans ces aimables lieux,
Aux ombres des amis gémir quelques adieux !..
Je disais mes regrets, mes pleurs et ma tristesse,
Et mes soupirs poussés d'une plaintive voix,
Allaient en murmurant s'éteindre dans les bois !
.... Myrte charmant à l'ardeur qui me presse,
Je viens encor céder auprès de toi,
Du penchant le plus pur je suis la douce loi :
Ce n'est plus maintenant l'ivresse douloureuse
Guidant mon hymne au milieu des fléaux,
Lorsque sur nous la mort hideuse
Brandissait en courroux sa menaçante faulx !
Alors des bons ayeux j'invoquais le génie,
J'adressais ma prière aux dieux de ma patrie :

« Ecartez, leur disais-je, encor ce coup fatal,
« O vous dispensateurs et du bien et du mal,
   « Sauvez encor l'île de Virginie. ».…
Dans ses pieux élans mon cœur fut entendu,
A de plus calmes jours mon pays fut rendu !
    Myrte, témoin de mes alarmes,
    Tu vis aussi tarir mes larmes :
   Tu les diras à nos derniers neveux,
En leur recommandant l'espérance et les Dieux !

Aujourd'hui confident de plus douces pensées,
   Tu frémiras encore à mes accens,
Je viens auprès de toi penser à mes enfans ?..
Tant de momens détruits, tant d'heures effacées,
Mon esprit affaissé, ces cheveux qu'ont blanchis
Les douleurs de la vie et ses tristes soucis,
    Tout me dit d'une voix sévère
   Qu'il faut bientôt quitter la terre,
   Arbre discret recueille mes soupirs :

   Tendres amis dont j'ai soigné l'enfance,
Vers vos traits, en tous lieux, mon cœur brûlant s'élance
    Parmi les fleurs et les zéphirs
J'aime, en rêvant, à placer vos images ;
Quand l'aurore des cieux colore les nuages,
Quand le bouton se prête aux baisers du matin,
   Lorsque l'azur présage un jour serein,
Ou que les vents grondeurs annoncent les orages,
Suivant que du destin l'aspect vient à changer,
Je souris à l'espoir ou frémis du danger ;
Que j'aime encore, avec mélancolie,
A venir dans ces bois me pénétrer de vous !
   Me peindre ces momens si doux,

Où d'un amour si juste écoutant la folie,
Je guidais de vos pas les essais chancelans,
   Je partageais vos plaisirs innocens,
Tout prêt avec Henry, d'héroïque mémoire,
A dire *encore un tour Monsieur l'Ambassadeur ?*
   Tendres amis ! de mon sensible cœur
Vous faites, à la fois, le bonheur et la gloire ;
   Ah ! conservez vos aimables penchans,
Vos plaisirs purs, votre oreille docile ;
Le cours de cette vie est rapide et fragile !
Croyez être toujours sous mes yeux pénétrans,
Entendre mes leçons, consulter ma sagesse,
Et quand, un jour, conduits par la tendresse,
A votre père ici, vous reviendrez penser ;
   Si le Ciel voulait m'exaucer,
Cet arbuste pourrait vous redire sans cesse :
 « Vous, ses Dieux, son pays, occupâtes son cœur
 « Au moment solennel où le mortel succombe,
 « Il ne regretta rien de ce monde trompeur,
 « Croyant pouvoir encor vous bénir dans la tombe ! »

DEUXIEME PARTIE

DU

BOBRE AFRICAIN.

LE MEUNIER SON FILS & L'ANE.

TRADUCTION LIBRE DE LAFONTAINE.

Ein' zour ein' pauvre z'habitant,
Pour gagné la toil' dans boutique,
Eté voulé vend' son bourrique :
Li parlé son garçon qui té appellé *Zean* :
— " Ecoutez-moi bien, mon zenfant,
" Demain, grand matin la lin' claire,
" Nous va prend nous-bourriqu' *Sizon*
" Et puis amarr' li dans bâton
" Pour porté-li dans Port comment coçon,
" Comm'ça mêm' qui bon la-manière
" Pour li n'a pas trop fatigué,
" Et moi croir' li va bien vendé.
Lendemain, avant coqs commencé son tapage,
Maman *Sizon* là-haut bâton,
Tout fier comment tach'ment qui gagné grand maron,
Zaut' tous les trois sorti dans l'entouraze.
Bourriqu' là, moi dir' vous, content comment lé-Roi,
Dans son lé-quèr li dir' : " Ma foi
" Quand zaut' comm'ça touzours va faire
" Moi bien connais qui la-croupière
" N'a pas blessé moi par derrière ? "

P'tit moment comment zaut' marcé
Côté zaut' dés blancs té passé ;
Ein'-là qui té content cause ein'-pé badinaze :
" Comm'ça, li dir', la mod' li déranzé
" Bourriqu' dans palanquin et di-mond' qui porté à
— Z'habitant-là pensé : " Son parol' là li-sage,
" Zean metté par terre *Sizon*
" Et puis monté là-haut li, mon garçou,
" Et moi sivre vous dans la plaine.
— Ein' blanc marçand qui voir zaut' li crié :
" A présent là donc ça qui zêne
" Là haut bourrique et ça qui vié marçé ?
" Pitit-moussié, vîtement descendé ;
" Pour vous-papa donnez vous-place,
" Depuis long-tems li devrait lasse
" Et di-monde, sélment, qui voir vous, va hont é !
— Allons, v'la zaut' encore ein' fois çanzé,
Zean qui marçé, bonhomm' là haut bourrique.
Trois mam'zell', à stèr-là, arrivé dans çimin,
Ein' là qui son la-langu' malin :
" Comm'çá donc, grand-papa ça-mêm' vous domestique
" En-verté ça zenfant et vous fair' moi çagrin,
" Bon-dié va content vous quand vous pitié di-monde !
— Bonhomm' là répondé : " Le diable te confonde
" Avant nous arrivé
" Avec ça-bourriqu' là mon la têt' va tourné. "
Pourtant zaut' dés prend son çimin, marcé ;
Sizon divant, z'habitans par derrière ;
Ein l'autre blanc trouvé zaut', li-rié ;
" Ma foi ! li dir', di-monde y-en a manière
" Bourriqu' là vini *grand moussié,*
" Dés blancs pour sivre-li !.. encor là moi tonné

" Comment son paquêt l'herb' n'a pas dans zaut' la tête !
— Bonhomme à stér : " Mon Dié moi fini bète
 " Allons, *Zean*, allons-nous sayé
 " Si zaut' la-bousse-avec nous va fermé. "
  Et là-haut *Sizon* pauvre diable
  A v'là zaut-dés fini mouté :
Bourriqu' comm' ça li vini misérable
Dans son lé-corps partout di-l'eau coulé,
Dés di'mond' là haut li ! bien assez pour reinté ;
 Ein camarad' ça blancs-là qui passé
 Dir' zaut' — " moi croir' n'a pas la peine
 " Pour tous les trois sivre çimin au-port
" Et bourriqu' là va mort avant passé la-plaine.
 Pauvre bonhomme à s'ter là dir' — " nous tort
" Pour sivre zaut' parol' ! moi vaux mieux dans la-çaine
 " Moi n'a pas voulé coûte à rien
" Oui, quand même vous-l'esprit va viré la-zournée,
" Quand mêm', pour zaut' content, vous fouillé tout l'année
" Tout di-monde, à la fois, zamais va dir' *li bien.*

LE ROI D'YVETOT.

TRADUCTION LIBRE DE BÉRANGER.

Même air :

Eté y-en-a ein' p'tit lé-Roi
 Qui fair' tout l' mond' bien aise
N'a pas fier, li sizé, ma foi,
 Comment nous là-haut chaise ;
Son femme à-soir dans son li-lit
Amar' son mouchoir pour faire li
  Dormi !

Oh ! oh ! oh ! oh ! Ah ! ah ! ah ! ah !
Comment li bon ça lé-roi là
   là, là.

Li n'a pas fair' grand l'embaras
 Quand diné dans la-caze
Mòrceau cari tout-sél dans plats
 Assez pour son ménaze
Et pour gardien, quand li rodé
Son vié li-çien, sans guernadié
   Assez !
Oh ! oh ! &a.

Ein' çoz'moi n'a pas va cacié
 Li content la bouteille
Mais blancs même avec li parlé :
 " Faut boir' di-zus la treille
Et li-rié quand son z'enfant
Faire ensemble ein' p'tit l'amiz'ment
   Souvent !
Oh ! oh ! &a.

N'a pas dir' li content l'argent
 Pour fair' di-mond' misère
Pour métté z'impots, comment blanc,
 Ça n'a pas son manière ;
Et pour fair' plis grand son pays,
Zamais li touyé son zamis
   Aussi !
Oh ! oh ! &a.

Quand son *commandér* n'a pas bon
  Li n'a pas fair' mistère,
Ça lé-roi là tendé raison
  Li connais qui li faire ;
Li dir' : " mon garçon, écoutez,
" Vous n'a pas connois vous-métié
    " Allez ! "
Oh ! oh ! &a.

Li laissé prêtres pour çanté
  Tous les zours la priére,
Mais dans *cabar* quand zaut' mêlé
  Ça n'a pas son zaffaire ;
Li connais bien parle avec li ;
" Chaquén' son cimin, son l'esprit
    " Zami ! "
Oh ! oh ! &a.

Dans qui pays ça le roi là ?
  Moi n'a pas capabl' dire
Moi croir' pour trouvé li, comm' ça,
  Fau couri dans navire ;
Et moi bien sîr quand vous trouvé
Comment moi vous n'a pas lassé
    Crié
Oh ! oh ! oh ! oh ! Ah ! ah ! ah ! ah !
Comment li bon ça lé-roi là
    là, là.

LES FEMMES & LE SECRET.

TRADUCTION LIBRE DE LAFONTAINE.

❋

Quand vous y-en-a quiqu'çoze pour cacié,
N'a pas besoin parlé vous-femme !
Comm'ça, donc, zaut' tout sél qui son la bouss' gratté !
    Mais moi connais beaucoup moussié
    Qui, pour ça, fair' comment madame.
Ein' blanc qui moi sis-pas qui nation son l'esprit,
    Ein' zour, à soir, dans son li-lit,
Été voulé connais sis-pas son femm' *Nicole*
    Été capable arrêté son parole ;
    Ah ! grand bon Dié moi va mort, li crié,
    Moi grand'malad'.. mon ventre trop mordé
Ayo !.. mais qui ci-ça !.. moi mêm' n'a pas va croire
V'là-là, pourtant et ça n'a pas z'histoire !
Ein' di-zèf, tout de bon, sorti dans mon lé-cor !
    Ein' di-zèf !.. ça aussi trop fort :
N'a pas besoin parlé.. vous tendé mon zamie,
Zautres va dir' moi poule et ça fair' moi facé.
    Ça femm' là tout bas li pensé :
    " Quand li té coq peut-être été vaut mié ? "
Lendemain, à s'tér-là, petit zour li partie
Li fouillé son commer' zisqué dans son godon,
" Y-en-a miracle ici, li dir', mon commère !
" Mon mari fair' di zéf..... gros comment ziromon !
" Mais quand zaut' connois ça moi va souffri misère
    " Et bien sûr moi gagné batté,
" Ainsi fair' moi plaisir.. n'a pas besoin parlé ? "
    Mais ça qui là qui son la-langu' bourlé,

Pour galoppé, son la-zamb' li légère ;
Sitôt l'autre parti li cerçé son commère
Pour causé, vous connais, commér' n'a pas manqué.
Et ça fois-là di-zéfs fini monté !
Pauvre blanc-là été pondre au moins *trente*,
L'autre commer', dans son causé,
Eté parlé y-en-a *cinquante*,
Et quand tous zaut' la bouss' fini mêlé là-dans
A soir ça di-zéfs-là fini vini *dés-cents*.

LE RAT QUI S'EST RETIRÉ DU MONDE.

TRADUCTION LIBRE DE LAFONTAINE.

✳

Ein' zour ein' vié lé-rat qui voulé vini saze,
Et qui lassé métier mauvais sizet,
Pour fair' son la-priér' tout sél dans cabinêt
Eté commandé son la-case
Drétt' dans milié ein' gros fromaze :
Li vini *prêtre* à-s'tèr comm' ça
Blancs dir' l'hermit' ça *prêtre*-là
Et n'a pas bien long-tems li fini vini gras
Tout comment li été dans lé-tems son zénesse,
Bon-Dié content ça qui dir' son la-messe ?
— A-vlà à s'ter, l'autre lé-rat passé
Avec çà l'ermit' là demandé çarité :
— Tous son-parents, ça qui resté grand'-terre
Envoyé-li parlé son la-misére :
" Çats entêtés pour fair' zaut' grand la guerre
" Et li-çerçé l'arzent pour prend morceau du riz,
" Di-blé, manioc, ou bien maï !..

L'ermite à ster dire li : " mon cher frère !
  " Pour vous qui moi capable faire ?
" Dans zaffaires di-mond' moi-là n'a pas mêlé,
    " Laiss' moi tranquil' dans mon la-caze,
" Bon-Dié soulaze-vous, salain, mon frère... allez :
  Quand fini ça li ferm' son l'entouraze.

      Qui prêtre à stér là vous pensé
        Qui moi voulé parlé,
      Prêtre *chrétien ?*.... n'a pas ça :
        Ein' prêtre *zanguerna.*
      Moi croir' bien, quand mêm' dans fable,
    Prêtre chrétien li touzours çaritable.

LE VIEUX MÉNÉTRIER.

PARODIE DE BERANGER.

AIR : *C'est un lonla landerirette,* &c.

    Si vous connais moi vié-monde,
      Qui zouyé *bobre* quéqu'fois,
    Pour fair' zaut' dansé la-ronde,
      Zour dimançe au bord di-bois ;
    Quand y-en-a quéquén malade
      Mon bobre fair' li lévé !..
    Et lon lan la, mon camarade,
    Dans mon tonnell' vini dansé.

    Oui dansez dans mon tonnelle,
      Ça la caz' pour l'amitié,
    Zamais là vous voir mam'zelle
      Avec son zami boudé ;

Et bien souvent, p'tit mariaze,
  Là-même été commencé!..
Et lon lan la, vous tous qui saze,
Dans mon tonnell' vini dansé.

Moi dir' vous dans mon tonnelle,
  Zamais di-monde facé,
Et quand zautre y-en-a quérelle,
  Pour boir' même qui litté ;
A soir en bas son l'ombraze,
  Di vin frais toujours coulé !..
Et lon lan la, vous tous qui saze,
Dans mon tonnell' vini dansé.

Si quéqu'fois y-en-a mam'zelle,
  Qui son zaloux va lévé,
Vini voir, dans mon tonnelle,
  Son mari pour dispitté ;
Li na plis faire tapaze,
  Sitôt zaut' fini trinqué !
Et lon lan la, vous tous qui saze,
Dans mon tonnell' vini dansé.

LE CHAT & LE VIEUX RAT.

TRADUCTION DE LAFONTAINE.

Dans lé-tems zanimaux eté connais causé,
Ein' çat qui té malin zisqué li-mêm' tonné,
Avec pauvres lé-rats eté fair' grand la guerre ;
  Quand mêm' li-çien, l'assommoir, souricière,
    N'a rien capabl' passé divant,
  Pour lé-rats-là, li-mêm' qui *commandant ;*

Mais métier mort fair’ bientôt di-mond’ lasse.
Comment çat avec zaut’ fair’ tous les zours la-çasse,
Lé-rats n’a plis voulé sortis,
Dans son rôdé çat-là touzours camis ;
Quand li voir ça, li dir : “ Bon mou compère,
“ A ster-là moi va fair’ manière
“ Qui z’autre encor n’a pas té voir. ”
N’a pas manqué ; à-v’là commence à soir :
Li pendé son lé-corps drette là-haut faitaze,
Mais pendé-là n’a pas tout d’bon,
Li-mêm’ serr’ son li-pieds avec morceau cordon.
Lé-rats vini, à ster, pour fair’ bal dans la caze,
Y-en-a qui guetté-li :
“ Toi fini mort, donc, Dié-merci !
“ Bien sîr toi té volor la viande ou bien fromaze,
“ Ton maître, ça zour là, eté y-en-a l’esprit,
“ A ster là nous va croir’ tout d’bon y-en-a zistice ;
“ Et bien long-tems comm’ça toi va dormi !
“ Salam, grànd papa çat, zour qui fair’ ton service,
“ Ça zour-là mêm’ nous va dansé
“ Avec la-hard’ faro qui nous capabl’ gagné. ”
Mais zaut’ la-bouss’ n’a pas long-tems causé,
A-v’là çat li vini encor
Comment dir’ zamais li té mort ;
N’a pas la peine à ster pour zaut’ sauvé,
Et la mézir zautre en bas, çat parlé :
“ Y-en-a morceau l’esprit encor dans mon boursaque,
“ Ça la maliç’ dans tems la-compagni ;
“ Et quand mêm’ zaut’ dans trou, dans miraill’ dans fataque,
“ Mon lé-dents trouvé vous.. vous tendé mon zami ! ”

Son la-viande à la fin fini dans carnacière,
Et comment son gourmand eté encor lévé,
    Son l'esprit qui touzours marcé,
    Fair' li çoizir l'autre manière,
  Mais ça coup-là son poste eté çanzé !
Comment dir' bon di-mond' li dormi la cousine,
Dans son lé-corps partout li metté la farine,
    Li-ziés tout séls n'a pas gagné
    Avec ça mêm' li sentinelle ;
Tous zên' lé-rats, à ster sorti pour badiné,
  Quand mêm' moussié, quand mêm' mam'zelle,
    Côté li zaut vini sauté ;
    Vous connais bien pour amisé
  Zên' zeus li là pour galoppé bien vite,
Et quequ'zein, tems en tems, çat métt' dans son marmitte,
    Ein' vié coco, tout sel, n'a pas fié :
    " Moi tort, peut-êtr', li dir', dans mon la tête,
 " Mais quand mêm' toi di-pain, fromaze ou bien zambon,
 " Si moi guetté toi loin moi croir' moi va raison ; "
    Et ça lé-rat là n'a pas bête !

Quand vous n'a pas bien sír où vous mett' vous li-pié,
    N'a pas marçé vaut mié !

NÉCROLOGIE BURLESQUE.

> Such was his worth, my loss is such
> I cannot love too well or grieve too much
> OLDSWORTH.

Ploré, ploré, auzourdi mon li-zié
Ploré quand même vous lassé

Mon bourriqu' *Sansouci* hier fini manqué ! .
Sansouci ! Sansouci ! mon dié qui bon bourrique
Quand li prend son çimin nà pas dir' li marcé
      Li volé, tout comment moustique ;
Quand li porté di bois, bazard ou bien çarbon
Si son paquêt trop lourd zamais li va dir' *non ;*
Quand même li vaillant, y-en-a bon caractère
Zamais li, pour bien dir', qui commencé la-güerre ;
Quand marcé, son la-têt' li drett' comment lé-Roi ! .
      A force li té content moi,
Quand li voir moi li-zour ou bien commenç' la brine
Son li-ziés, moi dir' vous, li clairs comment la-line ;
      Pour dir' la vérité
Quand li trouvé mam'zell' li té content causé ;
Mais y-en-a bien di-mond' zaut' dir' dans son famille
Qui bien souvent content causé avec lé-fille.
      Ah ! pauvre *Sansouci !..*
Bon parent, bon di-mond', bon séclâv', bon zami,
Bon papa, bon touton, bon frère, bon pitit
Quand même moi tout sél à soir dans mon la-caze
      Moi n'a pas blié ton visaze :
Ton li-pieds, ton la-voix, ton la-peau, ton la-qué
      Oui, quand mêm' moi va vié
      Tout çà fair' moi ploré ! ! !

Par un ami.

Nota. L'Ile Maurice était, depuis quelques temps, *inondée* d'un flux de nécrologies plus prolixes ou plus ampoulées les unes que les autres et dont les éloges outrés ou mal écrits ne pouvaient que contrarier leur but : une bouffée de gaieté produisit la petite pièce que l'on vient de lire, qui n'avait et ne pouvait avoir d'autre objet que d'attaquer *le genre*, sans jamais se proposer de ridiculiser les infortunés que la mort avait frappés : quelques personnes cependant ont paru le penser, mais je ne puis m'en offenser, elles ne connaissaient apparemment ni mon caractère, ni le genre d'esprit qui me sourit.

PIERROT

OU

L'HEUREUX ÉPOUX.

*

PARODIE DU SÉNATEUR DE BÉRANGER.

*

Même Air :

Quand moi zêne moi té-bête,
N'a pas y-en-a la raison ;
Mais l'esprit dans mon la-tête,
Poussé comment ziromon.
Depuis Moussié content moi,
Moi riç' tout comment lé-Roi :
　　Qui bon blanc,
　　Moi content,
Pour bien dire son l'arzent,
Ma foi Dié moi gagné souvent.

Moussié dir' moi : " Prends Thérèze,
" Son z'enfants va ton pitits. "
En verté moi té bien aise,
Ça z'enfants là li zolis ;
V'là zautre appell' moi *papa,*
Tout di-mond' zaloux pour ça ?
　　Qui bon blanc, &a.

Moussié donné-nous la caze,
La harde n'a pas manqué,
Avant, p'tit morceau bagaze,
Dans mon boursaqu' té rentré ;
Thérèz' touzours bien faro,
Zaut' dir' : ça mênr' femm' Pierrot !
    Qui bon blanc, &a.

Quand pour accoucé Thérèze,
Malad' n'a pas badiné ;
Dans mon lé-quer moi bien-aise
Voir çiruzien galoppé,
Moussié zour-en-zour plis bon,
Fair' caress' mon p'tit garçon !
    Qui bon blanc, &a.

Avant, quand moi voulé boire,
Quequ'fois moi gagné batté,
A s'ter, vous n'a pas va croire,
Sousonna n'a pas manqué ;
Moussié, qui zamais façé,
Fair' laiss' moi tout sél ronflé !
    Qui bon blanc, &a.

A soir quand fair' badinaze,
Dans nous quartier pour dansé,
Thérèz' çerç' moi dans la-caze
Pour dir' moi : Pierrot allé.
Moussié té défendé li
Pour li zaloux son mari !
      Qui bon blanc,
    Moi content,
Pour bien dire son l'arzent,
Ma foi Dié moi gagné souvent.

LES ANIMAUX MALADES DE LA PESTE.

TRADUCTION LIBRE DE LAFONTAINE.

Ein' zour comm'ça,
Dans tout pays grand'terre,
Ein' bien mauvais malad' qui zaut' dir' *Choléra*,
Avec tous zanimaux eté fair' grand' la-guerre,
Et maniér' li té travaill' là,
N'a pas long-tems tous va dans cimetière.
Lé-roy Lion à s'tér dir' zautres : " Mon z'enfans
" Moi té tendé quand blancs y-en-a mauvais zaffaire
" N'a pas besoin fouillé long-tems ;
" Pour fair' bon Dié fini son la-colère
" Y-en-a quéqu'zein qui touyé son lé-corps,
" Allons voir, à s'ter là, qui mérité pour mort
" Et quand mêm' zautres-là n'a pas couri la messe,
" Parlez zautres péçés comment dire à confesse :
" Moi, pour bien dir', moi n'a pas va caçié
" Quéqu' fois cabrit moi té manzé
" Quand pour sauvé zautres gagné paresse
" Et souvent, quand moi faim,
" Moi manzé son gardien. "
Zacot, qui couté li, dire à s'tér là : — " Mou maître
" En vérité-dié vous trop bon !
" Qui celle-là va pensé vous n'a pas té raison
" Manzé cabrit ou bien mouton ?
" Et ça n'a pas ein' grand l'honnér, peut-être,
" Pour son gardien qui mort dans vous lé-dents ! "
Comm' ça zacot té dire et zautres tous contents.

Tigre, loulou, été parlé chaquéne
Quand son tour arrivé
Mais, ma foi, n'a pas té la peine
Ça zens là n'a pas fair' péçé
Et zautres tous li doux, li sazes
Sirop di-miel dans zaut visazes
Comment mam'zelle avant marié.
— Pauvre bourriqu' qui branlé son la-tête
Pour conté son paquêt arrivé à s'tér-là :
— " Moi là n'a pas voulé faire ici l'embaras,
Li dir, " ein' zour, qui peut-être moi bête,
" Moi passé dans l'habitation
" Où prêtres fair' planté son bréde et son loignon,
" Quand prend di-bien l'égliz' sis pas ça malhonnête ?
" Mais l'herbe senti bon, diable dans mon l'esprit
" Morceau fataqu' moi té mangé tout-crid,
" Ça n'a pas té pour moi, moi parlé sans malice. "
— Couh ! à v'la tout zaut la-bouçe à ster-là li bouilli,
Zautres crié : — " Condir' li la police
" L'herbe qui pour *jésuit* ça coquin-là manzé,
" Çà même fair' bon Dié facé,
" Et son la tête à s'ter là faut coupé ! "
— Ma foi son compte été fini bien vite,
Et li, ça zour là mêm' n'a plis besoin marmitte.

Quand pour zizé ça qui rice ou qui fort,
Pauvre diable, tout sél, qui toujours tort !

LE COQ ET LE RENARD.

TRADUIT DE LAFONTAINE.

*

Ein' vié coq encor gaillard
Là haut di-bois, ein' zour, été faire sentinelle ;
Ein' zanimau qui blancs appell' *renard*
Qui content metté poul' dans son cari brinzelle
Ensemble ça coq-là fair' semblant bon zami :
— " Bon la tête, li dir' ça qui y en a lé-zaile
" A vlà vous là haut là comment dir' *paille-en-qui*
" Mais qui fair' ça ? — Descendez donc, compère,
" Dié merci nous la guerr' fini
" Vini embrassé-moi comment si vous mon frère
" A force moi content mon liziés pleins di-l'eau !
Coq-là répondé-li — " Espère encore morceau,
" Nous dés tous séls, n'a pas la peine,
" Moi voir dés gros li-ciens galoppé dans la plaine
" Tout à l'hér mêm' zautre arrivé
" Tous les quatre à la fois nous capable embrassé ?
— " Non, dir' papa renard, moi y-en a grand l'ouvraze
" Moi va manqué l'appel auzourdi moi pressé
" Et moi couri dans mon la-case :
Quand fini-ça, mon ami, li filé !......
Laisse à s'ter là ça vié coq-là rié !

Enguéz' di-mond' quequ'fois li doux
Mais li passé sirop pour ça qui trompé vous.

Fin des poésies créoles.

A ma fille Clémence,

EN TETE D'UN RECUEIL DE MES ROMANCES.

Lorsque, pour toi, de ma lyre plaintive,
Je me plais, chère enfant, à peindre les accords :
Je sens ranimer mes efforts
Par une double perspective :
Si dans mes vers tu vois quelque chaleur,
Un moment inspiré si j'attendris ton cœur,
Une attrayante rêverie,
En charmant mon esprit conduit aussi ma main :
Du destin, tu le sais, le décrêt inhumain
De ce qui fait le charme de la vie,
Est de nous séparer un jour ?
Et quand les Dieux auront fixé mon tour,
Tu reverras encore ici l'hommage
De l'heureux et pur sentiment
Qui ne se règle point sur l'âge,
Et qui sourit au cœur jusqu'au dernier moment.

Mais, ne crois pas, ma fille bien-aimée,
Que de son sort, l'âme trop alarmée,
Ton vieil ami regarde avec frayeur
S'accroître encor sa saison avancée ?
Non, non, un espoir trop flatteur
Occupe et soutient ma pensée !
Enfant, béni du créateur,
Il est dans l'homme une flamme immortelle,
Que ne méconnaît point l'esprit le plus rebelle ;

Présent divin d'une auguste bonté,
Qui produit les vertus et nourrit la piété.

Peut-être quelque soir, à l'abri du bocage,
Où de l'astre des nuits brilleront les rayons,
    En te rappelant mon image
      Tu diras encor mes chansons ?
      Alors, troublant l'ombre paisible,
      Si l'écho, d'une voix sensible,
      Répète tes tendres accens,
    N'en doute point, mon ombre ranimée,
      Par ton organe encor charmée,
Viendra s'unir à tes accords touchants.
Si, dans un bois solitaire et sauvage,
Tu vas rêver de tristes souvenirs,
      Ah ! je viendrai, par mes soupirs,
Agiter près de toi le flexible feuillage.
Si, pensive au milieu d'un parterre de fleurs,
    Aussi pure, aussi fraîche qu'elles,
    Pour toi, des plus douces odeurs,
    Le vent du soir charge ses aîles,
Je reviendrai mêler, sur ton front innocent,
Mon souffle aux doux baisers du zéphir caressant !

    Mais si le ciel, touché de ma prière,
A mes vœux les plus doux ne se refusait pas,
      Cette ivresse, pour moi si chère,
S'exprimerait encore au-delà du trépas ;
    Alors, ma fille, avec l'accent d'un père,
    Je reviendrais te dire tous les jours :
Je t'aime, je t'aimai.... je t'aimerai toujours !

✳

ENCORE UN VERRE !

*

Air : *Braves de la Germanie, &c.*

Aux premiers feux de l'aurore,
A peine ai-je ouvert les yeux,
Que j'aime à me peindre encore
Tous nos combats glorieux ;
Je chasse de ma chaumière
Les soucis et les regrets,
En buvant encore un verre
A ce vieil honneur français !

A toi fidelle bannière,
Dont l'aspect rit à mon cœur,
Je t'aperçois noble et fière,
Toujours guidant la valeur ;
J'entends la trompe guerrière,
Qui célèbre nos hauts-faits,
Et je bois encore un verre
A ce vieil honneur français !

Pourquoi d'un sombre nuage
Paraître, amis, s'alarmer,
Le soldat, par un orage,
Se laisse-t-il désarmer ?
Gardons la mémoire entière
De tant de brillants succès,
Et buvons encore un verre
A ce vieil honneur français !

Chaque jour à la patrie
J'adresse un hymne sacré,
C'est un moment de ma vie
Par moi toujours révéré ;
Et dans ma courte carrière,
Je ne puis trouver d'attraits,
Qu'en buvant encore un verre
A ce vieil honneur français !

Amis, quand glacé par l'âge
J'approcherai du tombeau,
Je soutiendrai mon courage
En rêvant à mon drapeau ;
En paix je fuirai la terre,
En savourant à longs traits,
Avec vous encore un verre
A ce vieil honneur français.

A UNE ROSE.

Radieux enfant du matin
Qu'effleure la brise légère,
Vermeille fleur de qui le sein
Embaume et charme l'atmosphère,
J'aime à voir le brillant carmin
Couronnant ta tige flexible,
J'aime à t'imaginer sensible
Aux chastes et tendres soupirs
Dont t'environnent les zéphirs !

Emblême heureux de la décence,
Qu'ornent la grâce et la fraîcheur,
Tu peins à mes yeux l'innocence
Unie à l'aimable pudeur !
De même pour toi le bonheur
N'a qu'une fragile existence ;
De même du vent orageux
Tu crains l'atteinte criminelle ;
De même une vapeur cruelle
Du jour que t'ont donné les Dieux
Peut profaner le cours heureux !
Ah ! constamment belle et timide,
Suave ornement des jardins,
Jouis de cet instant rapide
Auquel sont bornés tes destins :
Sous les bienfaits d'une eau limpide
Conserve tes vives couleurs,
Et révère la main propice
Qui sait protéger ton calice
Contre de funestes ardeurs :
Constant objet de mon hommage,
Pour ma *Lise* deviens le gage,
De l'amitié, seul sentiment
Q'admet mon âge maintenant ;
Pour elle, du tems qui s'envole,
Sois encor le touchant symbole :
Et quand l'inflexible moment,
Où tu dois terminer ta vie
T'aura, de la Parque ennemie,
Fait sentir toute la rigueur,
Qu'alors ta corolle débile
Retrace la leçon utile
Que *Lise* trouve dans son cœur :

" Heureuse la fleur éphémère,
" Riche de parfums et d'attraits,
" Qu'anime un rayon salutaire
" Au milieu des plus doux succès ;
" Heureuse la vierge modeste
" Qui suit un sentiment céleste
" Dans le choix pur de ses plaisirs
" Et, de ses vertus toujours fière,
" Ne rève au bout de sa carrière,
"; Que de paisibles souvenirs ! "

LA COLOMBE.

ROMANCE.

✳

AIR : *Pourquoi me fuir passagère hirondelle, &a.*

Douce colombe, où tend ton vol rapide,
Je vois doubler tes agiles élans ;
Vas-tu, cédant à l'attrait qui te guide,
Sous le berceau rejoindre tes enfans ?   *(bis.)*

Ah ! dis leur bien tes regrets, tes alarmes,
Et le bonheur d'être encore auprès d'eux ;
Et, s'il se peut, épargne toi les larmes
Qe font couler les sensibles adieux !   *(bis.)*

Dis leur encor, dans ton récit fidelle,
Les vœux ardents que tu formais pour eux ;
Et que, pour eux, ta flamme maternelle,
A chaque aurore importunait les Dieux.   *(bis.)*

Dis leur, enfin, toute la peine amère,
De l'exilé de son toit séparé :
Tel un rameau sur la terre étrangère,
Triste et flétri languit décoloré !　　　　　*(bis.)*

Mais si pour peindre une ivresse chérie,
Emue encor par ta juste douleur,
Les mots manquaient à ton âme attendrie ;
Pour t'exprimer viens consulter mon cœur ! *(bis.)*

LE VIEUX SOLDAT.

✳

Nota. Ces stances furent composées peu de tems après la bataille
de Waterloo.

Air : *Ce Dieu que partout l'on redoute, &a.*

Bientôt, entrevoyant ma tombe,
Il faudra céder au trépas,
Puisque la gloire aussi succombe
Mon fils ! je ne me plaindrai pas ;
Aux derniers désirs de ma vie
Souscris, et mets sur mon tombeau
Ces deux mots : Honneur et Patrie,　} *bis.*
Comme ils étaient sur mon drapeau.　}

Quand tu conteras mon histoire,
Dis que pendant quelques beaux jours
Mon aigle, ta mère et la gloire
Ont réuni tous mes amours ;

Dis, qu'une fois presque sans vie,
Sanglant et mourant de douleur
En disant : Honneur et Patrie,
Je sentis renaître mon cœur.

} *bis.*

Je te laisse pour héritage,
L'armure d'un brave guerrier
Qui, dans l'action, et ferme et sage,
N'a jamais su fuir ou plier.
Si, par malheur, ton cœur oublie
La devise du régiment,
Tu liras : Honneur et Patrie,
Sur chaque objet du fourniment.

} *bis.*

Si la fortune mensongère,
Te vouant aux tristes soucis,
Fixait le cours de ta carrière
Loin du beau ciel de ton pays,
Pendant tous les jours de ta vie
Prononce, et n'y manque jamais,
Ces deux mots : Honneur et Patrie,
C'est la prière du Français.

} *bis.*

Quand, rendu sur la sombre rive,
Ma voix, que glacera la mort,
Ne pourra plus crier : *Qui vive !*
Sur l'ennemi bravant mon fort ;
Pour que, sur la terre chérie,
Mon ombre apparaisse au moment,
Viens redire : Honneur et Patrie,
Près de mon simple monument !

} *bis.*

LE CIMETIÈRE.

A MADAME D*******

*

Oui j'aime quelquefois, mon aimable Corine,
A former, sur mon luth, quelques tristes accens ;
J'aime à chanter la rose purpurine
Qui s'effeuille et fléchit sous le souffle des vents ;
A-l'entour des tombeaux le cyprès qui soupire,
Le barde du malheur que le génie inspire,
L'accent plaintif du flexible roseau
Qui plie et siffle sous l'orage ;
Les gémissemens de l'oiseau
Qui cherche en vain sa couvée au bocage ;
Ainsi les Dieux ont composé mon cœur,
Tel est, pour moi, le charme de la vie ;
Je ne sais si ce goût peut être une faveur,
Mais sur l'autel de la mélancolie
J'aime souvent à poser une fleur !

Avec de pareilles dispositions, vous ne serez sûrement pas étonnée que ma dernière promenade se soit dirigée vers le cimetière de la ville ? Ni la longueur de la route, ni l'aspect attristant des misérables cabannes qui la bordent en partie, ni la côte silencieuse et déserte, rien ne put me retenir : je marchais, absorbé, sous l'impulsion mélancolique qui me dominait, dans ce chemin de la mort si souvent parcouru, depuis quelques mois, par tant d'êtres infortunés, tant de victimes innocentes, tant d'objets de justes et touchants regrets !.... et la nature, elle-même, me semblait, alors, en harmonie avec mes sombres idées :

L'aquilon orageux respectait l'onde amère,
   Tout était calme, et le simple Zéphir,
     Caressant seul la plage solitaire,
     Le flot paisible au bord venait mourir ;
     L'oiseau des mers, revenant vers la rive,
Saluait ses foyers du cri triste et perçant
Qui, la nuit, répété par l'écho gémissant,
     Du voyageur rend l'oreille attentive ;
Le soleil se couchait et, de ses derniers feux,
La lumière affaiblie éclairant le rivage,
     Quelques rayons échappés du nuage
Semblaient à l'univers adresser ses adieux !

En levant les yeux pour jouir de ce spectacle imposant, j'aperçus un vaisseau qui, fils superbe de l'Océan, cinglait majestueusement vers le Port ; ses voiles blanchies se bombaient, enflées par la brise du soir ; il se balançait légèrement sur les vagues qui s'ouvraient, en écumant, sous sa proue ; son drapeau, coloré des dernières lueurs du jour, flottait éclatant dans les airs, tel que le voile de l'agile *Attalante*, lorsque dans l'arène, elle disputait le prix à son heureux vainqueur. Alors, un moment transporté, je m'écriai :

     Salut à toi noble bannière
     Des braves étendard heureux ;
   Sous ton égide honorable et prospère
    Reverrons-nous quelque enfant de ces lieux,
    Quelque exilé, protégé par les Dieux,
Revient-il, attendri, voir cette île chérie,
   Vient-il, encor, frémissant de plaisir,
Toucher le sol sacré de la douce patrie ?
Puissent l'hilarité, le bonheur l'accueillir,
Que de ses vieux parents la bouche le bénisse,
Et que de l'amitié le gracieux hospice,

A ses vœux si long-tems promis,
Ne soit peuplé, pour lui, que par de vrais amis !

Hélas ! je fus bientôt tiré de cet élan africain par l'approche d'un convoi ! rencontre trop ordinaire dans ce domaine de la douleur. A la p titesse de la châsse, au linceul blanc, symbole de candeur et de pureté, que surmontait une couronne de fleurs, je reconnus le cercueil d'un enfant. Quelques esclaves, éplorées, suivaient pour la dernière fois leur jeune maîtresse, en soutenant dans leurs bras une d'elles, plus âgée, qu'à ses cris déchirants, à sa douleur amère, je pris pour la bonne ou la nourrice. J'accompagnai aussi, en silence, cette scène lugubre ; je vis creuser la fosse, j'y vis descendre, pour jamais l'infortunée dont le dernier adieu fut, peut-être, un sourire à sa mère, je vis tomber la dernière pelletée de terre !..... Et, le cœur ému, j'écrivis, de réminiscence, ces vers que je déposai au pied de la petite croix de bois, ornée de bandelettes funéraires, qui marquait le modeste tombeau :

" Tu péris, pure et frêle tige,
" Rameau qu'ont brisé les autans !
" L'inflexible destin l'exige
" Tu meurs à la fleur de tes ans ;
" Dors, chaste et tendre tourterelle,
" Ton front paisible et rayonnant
" Porte la couronne immortelle
" Que le ciel donne à l'innocent ! "

✻

LES ADIEUX.

✳

AIR : *Mes amis nos coupes sont pleines, &a.*

Le connais-tu, mon Idalie,
Le connais-tu ce mot du cœur,
Enfant de la mélancolie
Souvent père de la douleur ;
Ce mot plein de grâce et de charmes
Que je crains de voir répéter,
Quand ta bouche, parmi tes larmes,   } *bis.*
Marque l'instant de nous quitter ?

Hélas ! que de fois, dans la vie,
Il peint des moments malheureux !
Aussitôt l'enfance finie
L'innocence entend nos adieux ;
Nous les faisons à la folie
Dans une plus mûre saison,
Quand l'hymen sous ses lois nous lie,   } *bis.*
Pour obéir à la raison.

Il est pourtant dans la nature
Des *adieux* d'un attrait charmant,
Qu'une bouche naïve et pure
Souvent bégaye en souriant ;
De l'aimable et gentille enfance
Vois-tu le *salam* innocent,
Quand elle sait que son absence   } *bis.*
Ne devra durer qu'un instant ?

Mais bientôt la sombre vieillesse
Vient dicter des *adieux* cruels,
Des plaisirs l'ivresse nous laisse,
Souffrir est le sort des mortels ;
Il est, surtout, un mot terrible,
Puisse le destin t'épargner
L'*adieu* sous la tombe inflexible,   } *bis.*
Qu'on croit entendre murmurer.

Ah ! laissons les maux de la vie,
N'en cueillons que les douces fleurs,
Adieu ! mon aimable Idalie,
Pour un jour ce mot est sans pleurs :
Remplis ta carrière flatteuse
Sans altérer tes jours sereins,
Et puisses-tu, toujours heureuse,   } *bis.*
Ne faire d'*adieux* qu'aux chagrins !

AUX SERINS DE Mlle C******* B********.

❋

Petits oiseaux qu'une innocente main
Chaque jour nourrit et caresse,
Du peu de liberté que votre sort vous laisse,
N'allez pas, en ingrats, accuser le destin :
Si la prison vous contrarie,
Loin des orages de la vie
A ses chagrins fréquents vous restez étrangers ;
Auprès de votre aimable amie
Vos jours s'écoulent sans dangers ;

Point d'ouragans ni de filet perfide,
Point de flêche cruelle ou de plomb homicide,
A l'abri des autans et des traits du chasseur,
    Chaque heure est pour vous fortunée ;
    Qui ne voudrait de votre destinée,
    A pareil prix partager la douceur,
    Vous vivez auprès d'une fleur ?
    Chaque matin son haleine légère,
    Se mêlant à votre atmosphère,
Parfume les baisers unis à son bonjour ;
    A vos besoins elle pourvoit sans cesse,
Vous êtes les objets de sa pure tendresse,
    Ah ! payez-la du plus juste retour :
En sages oubliez le monde et son ivresse,
Que la seule amitié dirige vos soupirs ;
Heureux qui, comme vous, rencontre sous son charme
    Un sourire pour ses plaisirs,
    Et pour ses chagrins une larme !

A M. L******,

AUTEUR DU POËME DE NAPOLÉON.

*

Des vertus d'un héros, peintre heureux et fidèle,
Vous qu'inspirent si bien le génie et le cœur,
Sur un luth africain souffrez qu'un noble zèle,
D'un tribut mérité vous exprime l'ardeur.

Sans doute il me faudrait une muse plus sage,
    Plus éloquente et plus digne de vous,
    Pour présenter un juste hommage
A des accents si fiers, à des accords si doux ;

Mais de la vérité l'œil modeste et sévère,
    Sait distinguer un légitime encens,
Et le laurier offert par une main grossière
N'en est pas moins le prix de l'art et des talens.

Je cède, dans mes vers, au penchant qui m'inspire,
Et la reconnaissance anime ici ma lyre,
Quels titres vous acquiert votre divin délire !....
Vous placez à son rang le héros des Français ;
Le souvenir flatteur de nos brillants succès,
Ranimé par vos chants, vient charmer la mémoire ;
De nos vaillants soldats, vous célébrez la gloire,
Avec le mâle éclat d'un clairon enchanté
Qui doit porter leurs noms à la postérité,
Vous calmez nos regrets, vous refoulez l'envie,
    Et le mot sacré de patrie,
Paré de tout le feu de vos vives couleurs,
D'une céleste ivresse embrase tous les cœurs !....

    Ah ! poursuivez votre tâche honorable
    Du souvenir qui l'irrite et l'accable
Consolez le guerrier un seul jour abattu ;
Sans cesse répétez cette hymne à la vertu,
Qui montre l'innocent et qui confond l'outrage ;
Au malheur insulté prêtez votre courage,
Défendez un héros que noircit à la fois
Du crime et de l'erreur l'impure et faible voix ;
    Quel noble emploi de votre lyre heureuse !
Il me semble la voir, cette ombre valeureuse,
    Vous souriant du haut du ciel,
    Associant vos palmes à sa gloire,
Fière encor de trouver un Homère français,
Et des Dieux remplissant les plus justes décrets,
Vous mettre, à ses côtés, aux pages de l'histoire.

Pour moi, faible chanteur, glorieux des accords,
Formés dans mon pays que j'aime et que j'honore ;
Qu'avec plaisir j'ai vu votre harpe sonore
Trouver un Hélicon sur nos agrestes bords !
Déjà les noms touchants de *Paul & Virginie*
Avaient, de leur éclat, illustré ma patrie ;
    Déjà d'un luth aimable et regretté,
Le bon *Pitot* avait fait ressentir les charmes,
Emportant au tombeau notre éloge et nos larmes, ·
Vous chantez !.. mon orgueil à son comble est porté ;
Souffrez donc mon encens, trop modeste poète,
En vain tel que la fleur et timide et discrète
Qui, dans l'ombre, évapore un parfum séduisant,
Vous voulez, ignoré, fuir un succès brillant,
    La Renommée, à la marche célère,
A la voix veridique, indique votre nom ;
Bientôt à ses clameurs, se joint l'opinion,
Et toutes deux d'un bras aussi sûr que sincère,
Ceignent vos vers heureux du laurier d'Apollon.

LE BONHOMME

ou

LE VIEUX CONFIDENT.

Près du Bonhomme accourez jeunes cœurs
  Qui palpitez au seul mot de tendresse,
  Racontez-lui vos aimables erreurs,
  Il peut encor comprendre votre ivresse ;
  La nuit est pure et son chaste soleil,
  D'un doux éclat argente le feuillage ;
Repoussez, un instant, les chaînes du sommeil,
Venez, parlons d'amour et de son doux servage.

  Ne craignez point un rigide censeur,
  Ainsi que vous il connut cette flamme,
  Elan sacré qui captive le cœur,
  Et qui, souvent, élève ou flétrit l'âme ;
  Si vous souffrez, il plaindra vos douleurs,
  A vos soupirs il mêlera ses larmes,
Trop souvent, dans la vie, il a connu les pleurs.
Hélas ! le sort pour lui n'eut pas toujours des charmes.

  Mais si, fuyant la voix d'un séducteur,
  Vous combattez sa flamme avec courage,
  Le vieil ami soutiendra votre cœur,
  Il vous dira dans son simple langage :
  " Enfant du ciel, ton voyage est bien court,
  " Pense qu'il est une palme éternelle,
" Il est rapide et vain le songe de l'amour,
" Et Dieu garde aux vertus une rose immortelle ! "

Soumis aux lois d'une aimable pudeur,
Si vous goûtez la froide indifférence,
Du dieu d'amour craignant la vive ardeur
Et préférant la timide innocence :
Le vieil ami, sans vous blâmer, dira :
" Ne rien aimer est-ce le bien suprême ?
" Dans ses sages décrets, celui qui nous créa,
" Nous a-t-il faits aimants sans vouloir que l'on aime ? "

Ainsi, par fois, sur les replis du cœur
J'aime à sonder la jeunesse naïve,
Pendant la nuit des rêves du bonheur,
Charmant ma lyre et sa corde plaintive ;
Mais bien en vain, consultant le bon sens,
Je chercherais l'avis de la sagesse,
Faut-il donc écouter des penchants séduisants ?
Les cœurs heureux sont-ils ceux exempts de tendresse ?

LE VIEUX TAMARINIER

ou

LES SOUVENIRS.

❋

Viens, notre vieil ami, ranime son feuillage,
Le printems nous sourit autour de ses rameaux,
Des rêves de notre jeune âge,
En rappelant l'heureuse image,
Par ta présence embellis les tableaux ;
La nuit est calme et sa lampe céleste
Etend au loin son aimable lueur,
Viens goûter avec moi le bonheur qui nous reste,
Vas, les doux souvenirs sont une douce erreur !

Il t'en souvient, dans ce bocage,
Sous ce tamarinier, de mon premier hommage
    Je prononçai l'aveu tremblant ;
L'arbre était jeune, alors, à peine son ombrage
Pouvait-il affaiblir un rayon trop ardent,
Il a vieilli depuis !.. sur l'écorce sauvage,
Par la main des amours, nos chiffres enlacés,
A mes yeux affoiblis paroissent effacés !
Mais qu'importe du tems l'arrêt triste et sévère,
    De ses décrêts pourrais-je m'allarmer,
Qu'importe que ses lois abrègent ma carrière ?
Mon cœur est jeune encor puisque je puis t'aimer !

T'effrayant des transports de ma vive tendresse
Un jour, ici, j'osai te presser dans mes bras !
    Je vois encor ton pudique embarras,
    Tu repoussais ma brûlante caresse :
Ma bouche avait senti la flamme du bonheur,
L'amour et ses fureurs, alors, me rendaient ivre,
    Le moindre objet embrasait mon ardeur :
La fleur qui sur ton cœur avait cessé de vivre,
Le ruban sur ton sein noué par la pudeur,
Une larme, un soupir, ta fraîche et douce haleine
Tout créait, à l'instant, mon bonheur ou ma peine :
    Quel tems heureux les destins m'ont ôté !....
    Mais peut-il être regretté ?
    Lorsque ta main repose dans la mienne,
Quand je vois ton regard sourire à l'amitié,
Quand, souffrant, je m'expose à ta douce pitié,
Aux heures du bonheur ce moment me ramène,
Je ne me livre plus à d'inutiles vœux,
Mon cœur palpite encore et je bénis les Dieux !

Mais je sens s'attendrir les élans de ma lyre,
Un ton mélancolique enveloppe ses chants,
Ce n'est plus, sous mes doigts le bonheur qui l'inspire,
Je veux te rappeler de plus tristes instants.

La nuit était obscure et nébuleuse,
Les branches, qu'agitait une brise orageuse,
Gémissaient avec nous, quelques plaintifs accens,
Il fallait nous quitter !... par la raison austère
De mon départ l'ordre était prononcé,
Toi-même tu l'avais tracé
Ce sacrifice nécessaire :
Que de larmes, alors, coulèrent de tes yeux,
Dans ce que tu disais quelle délicatesse !..
Oui, c'est dans de tendres adieux
Qu'on peut apprécier cette âme enchanteresse,
De ton sexe à l'amour consacré par les Dieux :
Tes adieux !.. ah ! quel mot et quel devoir pénible
A son impression me paraît s'attacher !
Hélas ! puis-je me le cacher,
Un adieu prochain et terrible
Pour moi, dans l'avenir semble se dessiner ;
Mais ne m'écoute point.... Tu dois me pardonner,
Excuse ce tribut qu'on paye à la nature
Non, non, une flamme si pure,
Telle qu'un feu léger, ne peut s'évaporer,
La mort entièrement ne peut nous séparer :
Cet arbre, ces buissons, cette onde qui murmure,
Le souffle embaumé du matin,
Ce lys cultivé de ma main,
Ces nuages brillants que l'aurore colore,
Tout, après moi, devra te dire encore :

« Témoins de son amour, répondant de son cœur,
« Dans la tombe il conserve une éternelle ardeur ;
« Et ce roseau pliant sous l'aîle du zéphire,
« Interprête plaintif des plus doux sentimens,
   « Te peint dans ses gémissemens
« Cet hommage immortel que ton ami soupire ! »

LE SYLPHE NOCTURNE.

A MADEMOISELLE A............ M****.

✳

Je suis un enfant du mystère,
Fils du Silence et de la Nuit,
J'aime à parcourir l'atmosphère
Dans l'air que j'agite sans bruit ;
Dans l'ombre je choisis la rose
Où je trouve un lit embaumé,
Et mon corps vaporeux repose
Dans son calice parfumé.

Souvent, dans ce temple modeste,
J'entends la brise du printems,
Portant sur son aîle céleste
La bruyante haleine des vents ;
J'écoute l'oiseau du bocage
Moduler ses chants inspirés,
Et le bruit vague du feuillage
Assoupit mes sens enivrés.

Là, dans ma couche solitaire,
Heureux et mollement bercé,
Du rayon douteux qui m'éclaire
Il me semble être caressé ;
Mais toi, que mon destin chagrine,
Envieux qu'égare l'erreur,
Apprends qu'un seul regard d'*Aline*
Donne cent fois plus de bonheur !

STANCES.

A UN MOUCHOIR.

✱

Gage qu'en me quittant, ma laissé ma Glicère,
  Toi qu'a brodé sa délicate main,
  De pleurs d'amour, discret dépositaire,
  Viens un instant adoucir mon chagrin ;
  Viens ranimer le charme de ma vie,
  Fais dans mes sens naître l'illusion ;
Ah ! pour moi, désormais, sans tromper ma raison,
  Plus de bonheur loin de ma douce amie !

Quels jours charmans, tu sais peindre à ma flamme !
  Sur ton tissu, quand je porte les yeux,
  Fièvre d'amour se répand dans mon âme ;
  Je vois son nom tracé par ses cheveux....
Alors que de baisers je te donne pour elle !
  Peut-être, hélas ! ma bouche quelque jour,
  Les reprendra sur sa bouche fidèle,
  Où j'ai cueilli si doux sermens d'amour ?

Surprise, un soir, par la nuit orageuse,
Bandeau favorisé tu ceignis ses cheveux ;
Une autre fois ta place plus heureuse,
Me présentait des contours gracieux ;
Il semblerait que ton parfum de rose
Vient exciter la plus aimable erreur,
Et que j'aspire encore, avec ta douce odeur,
Les soupirs enivrants de ta bouche mi-close !

Consolateur d'une cruelle absence,
Dans le secret retourne te cacher ;
Reste toujours cher à mon existence,
A mes chagrins, reviens quelquefois m'arracher,
Viens reproduire encore un séduisant délire,
Et si l'amour, cédant à mon brûlant désir,
Par un heureux retour éteignait mon martyre,
Tu n'étancherais plus que des pleurs de plaisir !

MES ADIEUX.

*

Air : *De l'amour avocat.*

Adieu chimères de la vie,
Adieu beaux jours de mon printems,
Tendres amours, douce folie,
Qui charmiez mon cœur et mes sens ;
Adieu soupirs de ma musette,
Délire et magiques transports,
Adieu, surtout, grotte secrète
Où j'essayais de doux accords !   } bis.

L'âge vient borner ma carrière,
Pour moi plus d'ardente saison,
De la vieillesse avant-courrière,
Je cède à la froide raison ;
Le tems inflexible et sévère,
D'une aile rapide s'enfuit,
Et du plaisir la fleur légère,   } *bis.*
Sur mon front se fâne et pâlit.

Adieu gentilles chansonnettes
Qui faisiez rire mes amis
Quand je risquais quelques bluettes
Dans le patois de mon pays ;
Adieu puissant Dieu de la treille
Dont j'osai célébrer l'attrait,
Quand on ne boit plus sa bouteille, } *bis.*
On n'est qu'un bien triste sujét.

Vous qu'anime un penchant si sage,
Ennemis prononcés de l'eau,
Et qui des roses du bel âge,
Ceignez encor l'heureux bandeau,
Adieu !.... Du fond de ma retraite
Je souris à votre gaîté,
Quand vous serez à quelque fête   } *bis.*
Buvez, au moins, à ma santé ?

FIN.